世界の家族

椎名 誠

Shiina Makoto

新日本出版社

家族の世界

世界の家族 家族の世界

もくじ

装丁・本文デザイン／宮川和夫事務所

世界の家族
家族の世界

草原と極限に「生きる」人々

1

外国の旅ではホテルよりもその土地の家族の家にホームステイするほうが好きなので、世界各地でずいぶんいろんな家族とのつきあいをしてきた。

一番長い時間滞在していくつもの家族のお世話になったのはモンゴルだ。通算して半年ぐらい。いくつもの遊牧民の家族と沢山《たくさん》の日々を過ごした。

遊牧民は、主に飼育している動物によってその労働形態がかわってくる。ぼくがいちばん最初に世話になったのは「馬牧民《うまぼくみん》」で、

二百四十頭の馬を飼っていた。三十六歳の若い父親で、妻とのあいだに八歳と六歳の娘がいた。父親は働き者で、朝から暗くなるまで馬の世話をしていた。そのあいだ母親は馬のほかに三十頭ほど飼っている羊《ひつじ》の世話をし、娘らはゲル（遊牧民の暮らす半球形の移動小屋）のまわりに落ちている乾燥している牛の糞《ふん》を拾《ひろ》うのが毎日の仕事だった。牛の糞はしっかり乾燥させると、火保《ひも》ちのいい燃料になる。モンゴルは日本の四倍の面積がある国土だが、山が殆《ほとん》どないので木材が少なく、薪《まき》は簡単には手にはいらない。牛の糞はまさに願ってもない自然のエネルギーで、この国では完全なリサイクルをしているのだな、と感心した。

父親が仕事から帰ってくるまでに母親は夕飯の支度をする。遊牧民の食事は朝も昼も夜も簡単で、調理用兼暖房用の牛糞ストーブを囲みながら、ぼくには意味は分からないが、その日の出来事をみんなで楽しそうに話しているのが印象的だった。

羊を主体にしている遊牧民も牛を主に飼っている遊牧民も仕事と家庭の状態はほぼ同じようなもので、テレビも新聞も電話もない生活はほんとうに大草原の自然と一体化しているようだったし、かれらと一緒に暮らしていると、家族がいつも一緒にいる生活はいいなあ、と素朴に思い、なにか日本の古きよき時代が彷彿《ほうふつ》とするようだった。

アマゾンのテェフェから先には町がなく奥アマゾンと言われている。そこにすむネイティブの一家とすごしたこともある。そのあたりは雨期になると普段の水面から十メートルほど水かさが増し、それが半年ほど続く。エリアはヨーロッパ全土ぐらいと

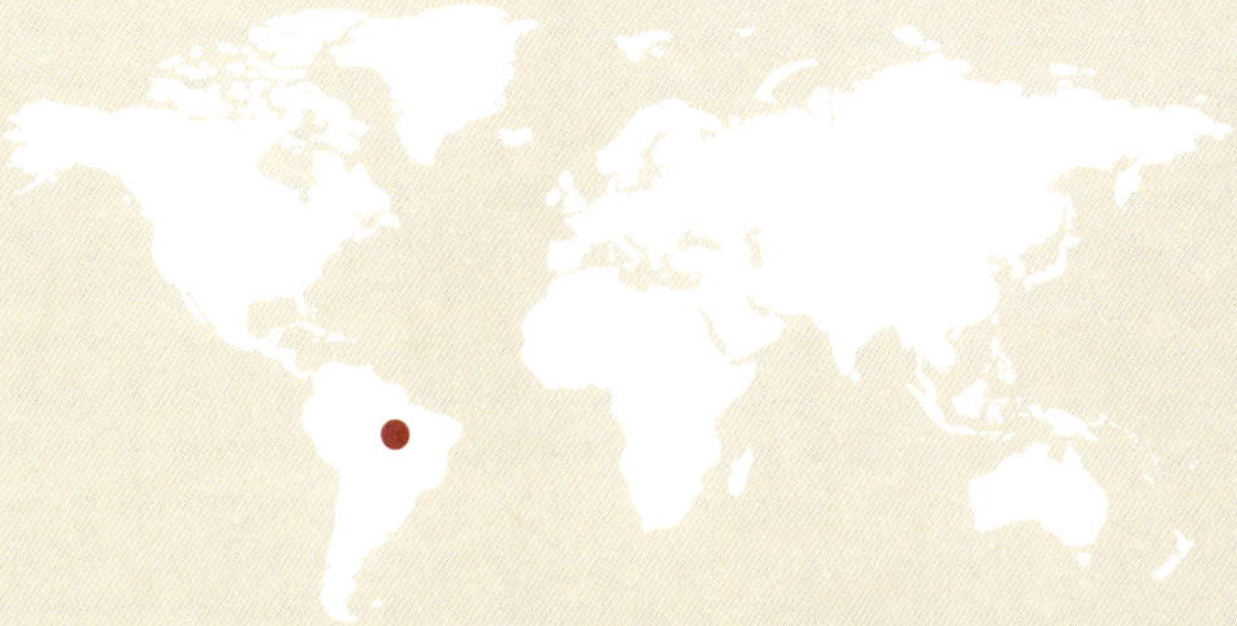

いうからとてつもないスケールの洪水のようなものだ。

そこに住んでいる二十三人家族は浮力の大きなバルサで作った筏《いかだ》の上に小屋を作り、太く根を張った木に筏をしばりつけて流されないようにして、その上で大家族の生活をしていた。タタミ十畳《じょう》ぐらいの小屋に二十三人もの家族が寝られるのは、アマゾンの人々はみんなハンモックを使っているからだ。三重～四重にそれがつり下げられるから夜に小便などしにいって戻ってくると、自分のハンモックを探すのにえらく時間がかかってしまったりする。

この一家は完全な自給自足で、みんなでそれぞれの仕事を分担し、助け合いながら暮らしていた。アマゾンが普段の水面から十メートルも上昇していると、乾期の頃には入っていけないジャングル奥深くカノア（小舟）に乗って入っていくことができる。

魚たちは分散するが、そのために筏のまわりでも五十センチぐらいの大きな魚が釣れるから子供たちも夕食のおかずを筏の上から釣ることができる。ジョアキンさんという家長は七十代の半ばだったが、二十三人の家族のために毎日元気に狩りに出ている。五年前から孫に、木の実を餌《えさ》にして大きな魚を釣る技術を伝授していた。

この一家も、奥アマゾンのなかで孤立していたが、家族がそれぞれの役割を担って仲良く楽しそうに暮らしていた。モンゴルと同じくこうした辺境に生きる家族で共通しているのは、生活はとても貧しそうだが、家族が協力して「熱心に生きる」というところが豊かだった。どちらの家族とも別れが辛《つら》かった。

2 家族揃っての食事

家族全員揃《そろ》って食事をするということがどのくらい大切な時間か、ということは、そういうことができなくなってはじめてわかる。

ぼくは東京の世田谷《せたがや》で生まれたが、その頃は父親が忙しく、家族の食事はたいてい父親を欠いていた。父は公認会計士をしていてずいぶん羽振りがよかったので、そのぶん多忙だったのだろう。

ある仕事上のトラブルにあって世田谷の土地を手放し、千葉に越した。尾羽《おは》打ち枯らすという言葉があるがまさにそんなかんじで、家族全部が「都落ち」の気分を味わっていた。

けれどそのために父は家にいることが多くなった。ぼくは異母兄弟五人の下から二番目だったが、母の弟、つまりぼくの叔父さんも居《い》候《そうろう》していたので、その頃は両親と兄弟含めて九人家族という大所帯で、食事のときは賑《にぎ》やかだった。しかし食卓は貧しかった。育ち盛りの兄弟らとの（いかに早く沢山《たくさん》食べるかの）タタカイの時間だったが、大勢の家族がいるとそれも楽しかった。

　けれど父親はぼくが小学校六年のときに突然死んでしまい、間もなく姉が嫁いで家を出ていき、すぐ上の兄も自立して出ていった。

　ぼくの人生のなかで、貧しくても一番賑やかに一家全員で食事をしていたのは、その時代だけである。計算すると五、六年間ぐらいだろうか。

　いま、日本の家族は都会では九人などという大家族はめったにないだろう。少子化で両親と一～二人の子供との食卓、というのが平均クラスだろうか。それでさえもいつも家族全員揃って食事、という風景は少なくなっているような気がする。なんだかもったいないないように思う。

　ぼくも結婚して自分の家族を作ったが二人の子供は二十歳前後でアメリカに行ってしまい、あっという間に夫婦二人だけの生活。つまり食事風景になった。最後に家族四人揃って食事したのは七年前、サンフランシスコでのことで、次はいつどこで全員で食事できるかわからない。

外国を旅していると、いわゆる途上国といわれる国ほど大家族で食事しているのを見

ることが多い。貧しい国になると家の内側も外も区別がつかないような開放的な家に暮らしている場合が多く、大勢の家族が揃ってワイワイ食事している様子が丸見えだったりするからすぐわかるのだ。

世界のあちこちを旅するようになった二十代の頃、アジアなどはよく「洗面器ごはん」といったが、洗面器ぐらいの食器にごはんをいれてそこに魚とその煮汁をかけて、七、八人が丸くなって手をつかってそれを食べている風景をよく見た。「ああ、貧しいんだなあ」と思ったりしたが、いまは違う感覚でそれを見ている。簡単にいうとむしろ「豊か」な風景に見える。

家族揃ってそれこそ「ひとつ釜《かま》」（ひとつ食器というべきか）をかこんでワイワイ言いながら食事しているのだ。

この写真はニューギニアの周辺にある小さな島のある村の風景である。殆《ほとん》ど裸族に近く、原始的な生活レベルだけれど、きちんと家長制度があって、親族が集まって非常に風通しのいい草ぶき屋根の家に暮らしている。

若夫婦の妻が煮炊きの仕事を担当し、おばあちゃんは幼い子の面倒を見ている。そのまわりを鶏《にわとり》がうろつき、ウリボウ（猪《いのしし》の子供）なんかも、なにかおこぼれはないかとやってくる。食事の献立はたいていヤムイモとバナナを煮たものだが、その日はとりたての鮫《さめ》の肉があった。ぼくはすぐそばにテントを張っていたので、たまにこの一族の夕食に呼ばれた。ほとんど言葉はわからないがいつも笑顔があって、日本よりも「しあわせな食卓」というものを強く感じた。

家族がつながっていく喜び

3

「家族」というテーマを与えられて最初に思ったことは、今、自分には家族があるのだろうか、というちょっとうすら寒い思いだった。現実には妻は健在で私よりも元気なほどだし、二人の子供はそれぞれ独立し、自分らの家庭を持ったりしている。全員が日本に住んでいるわけではないので、合計大人四人、子供三人のとりあえずのわが「家族」が一堂に会することは今や何年かに一度ぐらいになっている。やはり外国に住んでいる者がいると簡単にはそろいにくいという単純な事情だ。

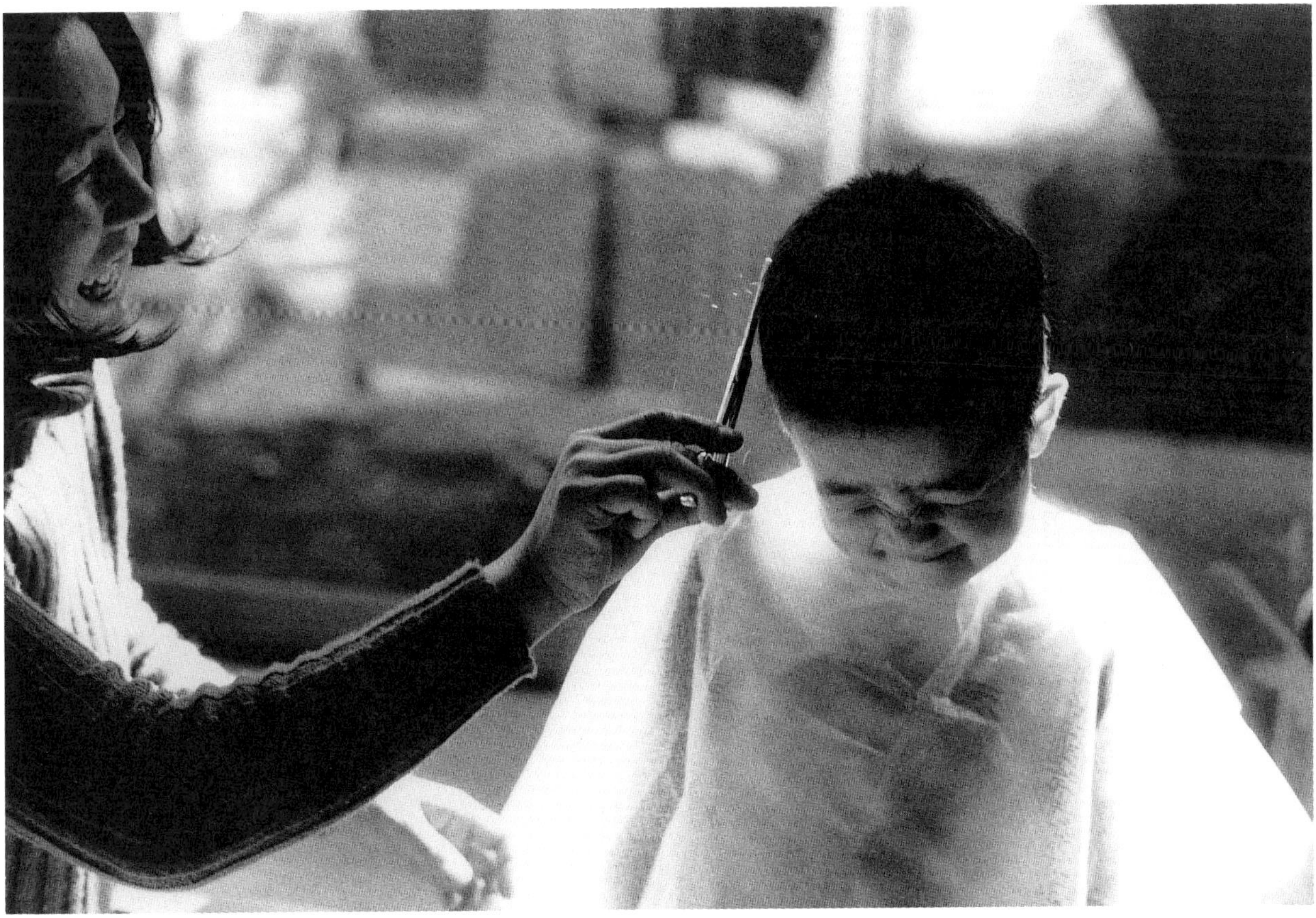

そのため日常的には妻と二人の生活である。ただし互いに仕事の上での旅行が多いので、国内国外含めて、それぞれのスケジュールによってそれぞれの仕事の場所に（時にはかなり長期にわたって）出かけている。

ぼくは作家というフリーな立場にいるわけだから、その自由な身の中で自分で仕事をやりくりしている。年齢的には、例えばどこかの企業でサラリーマンのような仕事をしていたとしたら、もうとうに定年退職で、基本的には家の中の生活が多くなっているはずだろうし、ごくごく家庭的な妻ならば、その妻と毎日顔を合わせているようなことになるのだろう。互いに旅が多いので幸か不幸かそうとはならず、一人でいるとき、両者顔を合わせているとき、自分がどこかへの旅に出ているとき、という変化が複雑に組み合わさっている。

われわれ夫婦のそれぞれの両親は私たちがかなり若いころにともに亡くなっているので、今のきわめて厳しい社会現象である親の介護という責務からは解放されている。時折妻と家で向かい合って食事をするときなど、そういったことが話題になることがある。結果的な話だけれどわれわれの両親は申し訳ないくらい子供孝行をしてくれてしまったんだね、といういささか一般的には聞き捨てならないようなことなどをぼくはほざいたりするのだ。

問題はこれからの自分たちが自分たちの子供たちに対して負担やストレスをかけずにどう上手に逝《い》ってやるか、という、まあ笑いもあるけれど半ば現実的なシビアな会話をすることがある。

妻はこう言う。「あなたはすでに自分の子供から最大の親孝行のプレゼントを得ているわけではないですか」

その意味は簡単だ。アメリカで十数年暮らしていた息子が、アメリカで結婚し二人の子供をもうけ、三人目の子を日本で生むために帰国した。当時は三人目の子が二歳程度になったらまたアメリカに帰るという、なんというか上のきょうだいが日本を肌で感じる長期の滞在帰国という意味合いが大きかった。ところがその間に3・11の大震災が起き、その他の要因（息子の企業就職）もからんで日本定住という方針が決まった。彼らは私の自宅の近隣に住んでいるので、それによって私には人生の中でこれほど興味深く、面白く、心にやさしく、刺激的な面白事態はほかにない、というような、三人のマゴたちとの付き合いが本格的になった。

それまでは時折アメリカに行って成長の段階を垣間見る程度だったのが、今はその気になれば毎日でも、私にとっては黄金のおもちゃのような小さな子供たちと触れ合うことができる。私が子供好きなことを知っている妻は、そうなるであろうということを早くから見抜いていたようだ。それ以前は、時折、（たぶん年齢的なものによるのだろうが）精神的な不調乱調を体験することがあった。

若くて刺激的な新しい家族が私のすぐそばに出現したことによって、私は一度失ってしまった家族が、もう一度もっと贅沢《ぜいたく》に私のすぐ近くで花開いてきているのを強く認識している。昔の大家族の時代にはおそらくそういうことの順番が滞りなく連続して、ゆるぎない家族のきずなを作っていったのだろう——と思いながら。

4 家族でのカイラス巡礼

チベットには三度行った。そのうちの二回はカイラス巡礼である。カイラスはチベット密教、ヒンドゥ教、ボン教、ジャイナ教の聖山である。ラサから約一〇〇〇キロのところにあり、平均して四〇〇〇メートルクラスの極限高地と呼ばれるところを旅していく。

行き方は様々で、一番楽なのはやはりクルマである。チベット人は一生のうちに一度はカイラス巡礼を果たすのが人生の夢であるから、村ごとに巡礼団を組んで、トラックの荷

台に乗ってやってくるケースが多い。通常三十人は荷台に乗っており、ルートは険しい山道の連続だから決して楽な移動ではない。

けれど、その巡礼のために何年もかけた積み立て貯金をして、満を持しているのだから、壮大な町内旅行のようでもあり、毎日の野宿（簡易テントなどもある）やそのための共同炊事など、実に楽しそうである。

馬で行く人もいるが馬の餌さがしが大変なのでこれは少ない。あとは徒歩で行く人々である。そして究極の苦行は五体投地《ごたいとうち》拝礼で行く巡礼だ。拝みながら大地に身を叩《たた》きつけ自分の体の丈だけ移動していく、というこの拝礼の旅は、故郷を出てから二年とか三年がかりなどという人はザラである。たいていサポートの仲間が一〜二名ついていて、巡礼がその日行ける距離をあらかじめ決めておいて、その場所にテントなどの夜具を用意し、食事の支度をして待っている。

テレビなどで時々この五体投地拝礼の様子が紹介されたりするが、日本のドキュメンタリーはその巡礼の苦しそうな顔や動作だけを撮るけれど、この厳しい巡礼方法をとっている人たちが休んでいるところなどはあまり見せない。実際には、その時が彼らが一番満足顔でしかも嬉《うれ》しそうな表情をしていることが多い。これは巡礼の方法が苦しければ苦しいほど御利益《ごりやく》が大きい、と信じられているからだ。

そのようにいろいろな方法で巡礼者はカイラスに接近していく。

カイラスの麓にはそうした巡礼たちが、いよいよ六六五六メートルのカイラス山ひとめぐりを果たすためにもろもろ準備するテント群がちょっとした村の規模になっており、生活用品や仏具、食料などを売っている店などが並んでいて、賑《にぎ》やかな風景をつくっている。この場所はタルチェン（四六七五メートル）と呼ばれている。

このテント村で、何組かの家族連れの巡礼と会った。ぼくが最初に会った家族はまだ若い両親と三人の子供がいた。ラサよりももっと東の田舎から来ており、村の人らとトラックでやってきたが、小さい子供にはやはり相当過酷だったらしく、途中から村の巡礼団とはわかれて、これから家族全員の体調を整え、独自でカイラスを回るのだ、と言っていた。

カイラス巡礼は聖山カイラスには登ることはできないので、その外輪をなしている六〇〇〇メートル前後の山を時計回りに行く。いちばん高い峠が五二一〇メートルだが、そういうところも五体投地拝礼の巡礼は、まるでシャクトリムシのようにして険しい岩だらけの尾根や谷を行くのである。

ぼくはタルチェンにいる間に親しくなったその五人家族のテントに何度か行き、彼らの話を聞いた。

小さい子供を連れての巡礼は、極限高地でもあるし、高度順応など子供にはけっこう大変であること。また小さい子供がときおり熱など出したりするので、医者もいないところを一年以上旅しているのは不安もあるけれど、家族がこうして人生最大の巡礼の旅に出られるのだから、これほど幸せなことはない。家族がずっと一緒だから安心して長い旅ができるのだ、とも言っていた。

5

三年間の出稼ぎ

いろんな国へ行ったけれど、世界で一番好きな場所といったら即座にパタゴニア、と答える。南米の一番南の端、そこから先は世界で一番荒れている悪魔の海、ドレイク海峡を越えて南極大陸が横たわっている。

まさしく「地の果て」がパタゴニアなのだ。まっすぐ南下していく国境をはさんでチリとアルゼンチンがむかいあっている。その二つの国の南の端の広大なエリアがパタゴニアと呼ばれている。この二つの国のさいはてまで行ったが、チリのほうが何度も行っているので知っている人も多い。

十五年間で三回行ったカルク牧場は、三度目のときには代がかわっていて、息子さんが

牧場経営者になっていた。一番最初にぼくがそこに行ったとき、先代の経営者は、遠来からの客、ということで羊の丸焼きパーティーを開いてくれた。使用人のガウチョ（南米のカウボーイ）が沢山《たくさん》集まってきて慣れた段どりで十字型をした鉄棒に毛皮をはいだ羊をくくりつけ、焚《た》き火のそばにつきたてる。ときどきハーブをつけた油を裏表に塗り、遠火で二時間かけてじっくり焼いていた。

まわりではみんなビノと呼ぶ赤ワインをのみながら片手にナイフをもって焼けるのを待っている。

羊は皮とそのすぐ下の脂肪分とその下の肉をあわせてこそげとり、まだ舌の焼けるくらいのをハフハフ言いながら食うのが一番うまい。日本にはこんな料理はないだろう、とガウチョたちは言い、得意そうだった。そうだよ日本はコメの国だからこんな料理はないよ、と言うとみんな叫ぶようにして喜んだ。そうしてぐびぐびとビノをしこたま飲んだ。楽しかったし信じられないくらい旨《うま》かった。

そのとき酔ってテンガロンハットにビノをいっぱい入れて飲んだ若者がぼくが次にいったときには新しい経営者になっていた。

その牧場はやたらひろく、計算すると東京都よりも大きかった。だから馬で自分の土地を横断しようとしたら一泊しないと無理だった。

ガウチョたちはみんな出稼ぎだった。

ぼくは彼らの宿舎の片隅に寝かせてもらっていたが、その部屋も、それからガウチョの一人一人もおそろしく臭かった。みんな羊や馬や牛の匂いがしみ込んでいるのだ。

そこに住んでいる彼らはもう慣れてしまっているからぜんぜん平気だが、コメの国から来たぼくは最初の数日は部屋に入ると息をするのが辛《つら》かった。しかしそんなものはすぐに慣れる。

チリの人はみんな基本的に黒い髪をし、黒い目をしていた。そして日本人のように性格はおとなしかった。

親しくなってくるにつれて、彼らの出稼ぎ期間が長いのに驚いた。故郷を出て三年というベテランがいた。故郷にはちゃんと家族がいて、手紙のやりとりをしている。手紙は、そこから一五キロぐらい離れたセロ・カステーヨという、人口百人の村にまで届けられる。

手紙の来る日になるとガウチョの誰かが馬を飛ばしてみんなの手紙をそこへとりに行くのだった。

手紙のくる日はみんな明るい顔をしていた。写真が入っていて奥さんや子供が写っていると、嬉《うれ》しそうにぼくに見せてくれた。

日本の出稼ぎとちがって、チリは国の南北の長さが六〇〇〇キロぐらいある。交通機関は飛行機しかない。たまにアメリカあたりから一年がかりでクルマに乗った旅行者がやってくるが、出稼ぎの彼らは飛行機代を使うのがもったいないから、故郷に帰るのは退職してからだという。だから故郷を離れて三年、なんてことになってしまうのだ。電話もテレビもない生活だった。彼らの羊臭いベッドの頭のところには、みんな家族の写真が貼《は》られていた。

大家族主義のモンゴル遊牧民

6

家族の絆《きずな》、家族の力という意味で最も強固なものを持っているのは狩猟民とそれに近い遊牧民だ。ぼくが見てきた中では、北極のイヌイット、アフリカのマサイ族、モンゴルの遊牧民などに色濃く共通している。いちばん最初に触れ合って、そうした気概を最も強く感じたのはモンゴルの遊牧民だった。

写真で見るように、彼らはゲル（内モンゴル＝中国領のモンゴル自治区ではパオとよぶ）に住んでいる。いちばん平均的なものは半球形をしており、柳《やなぎ》の木と馬の毛のフエルト、

厚地の布などで作られている。非常にシンプルな構造で、組み立てるのに熟練している大人が三人もいれば約半日、解体だと二時間程度でできる。その割には構造がしっかりしていて風に強く、思いがけないほど暖かい。家畜たちのいい餌場（草地）を求めて年に二、三か所移動していく。

初めてそういった遊牧民のゲルを訪ねたとき、中からおじいちゃん、おばあちゃんはじめ、両親とその子どもたちが五、六人も続けざまに出てきて、その大家族ぶりに驚いた。モンゴルの遊牧民は人手が労働力のかなめなので、とにかくたくさん子どもを産み育てる。ぼくが最初に行った一九九二年頃では女性の結婚適齢期は十五、六歳ときいて驚いたことがある。母親はほぼ毎年出産するので、そのくらいの若さで結婚しないとたくさんの子どもを産むのに間に合わないのだ。だから八人ないし十人きょうだいなどという家族はざらにいる。遊牧民といっても子どもたちは義務教育のため一定期間、町の宿舎に泊まって勉強するが、それが終わると自分のゲルに戻ってきて、もう十歳前後から馬を駆って一人前の労働力になる。

家族の仕事分担もわりと整然としていて、父親は遊牧の中心、母親は家族の食生活を中心にした身の回りの世話をする。女の子たちも小さいころからたくさんの仕事があって、ぼくが見た風景では、三、四歳の女の子が背負いかごでそこらを歩き、牛の糞《ふん》を拾ってかごに集めて帰ってくる。牛の糞は日干しレンガのように並べて乾燥させ、それが煮炊きの火力の元になる。草食動物の糞は繊維が組み合わされているからたいへんよく燃え、火力もあり火保《ひも》ちもするのだ。この人たちはつまり完全リサイクルを

しているのだなあと感心して見ていたものだ。

モンゴルには、のべ十年ぐらいにわたって各地を訪ねたが、みんなどこもそんなふうに家族全員がそれぞれの役割を持って働いているので、家族がいつもそれこそ本当の意味の一つ屋根の下で生活し、団欒《だんらん》しているのだ。

しかしモンゴルの遊牧民といっても新しい時代に対応していく面も様々《さまざま》なところにあらわれているから、ひところ日本でよくいわれたような核家族化（いわゆるニューファミリーのようなもの）が顕著に見られた時期もある。共産圏グループから自由経済に移行していく頃のことだ。

大家族から分離した小家族も、遊牧の仕事を栄えさせるためにはやはり人手がものを言うので、従前のようにたくさんの子どもを産んでいく風潮は変わらなかった。そうしてよく見られるのは、大家族から分離した小家族が太陽系を回る惑星のようにそれぞれ近隣エリアに居住して、何かの時には一族がすぐに集まれることである。たとえば家畜の繁殖期などの多忙なときはそれぞれの遊牧民がまわり持ちで助け合うのが普通である。

ある年の冬、モンゴルのお正月に遊牧民のゲルに招待されたことがあった。直径六メートルぐらいのゲルの中に三十人ほどの一族が集まりお祝いをする。そのとき日本と同じようにお年玉のようなものをあげる儀式があるのだが、日本とは逆に、長老のおじいちゃん、おばあちゃんに対して小さな子から順番にお年玉のお小遣いをあげるのだった。家族の絆という意味では最もわかりやすく感動的な風景だった。

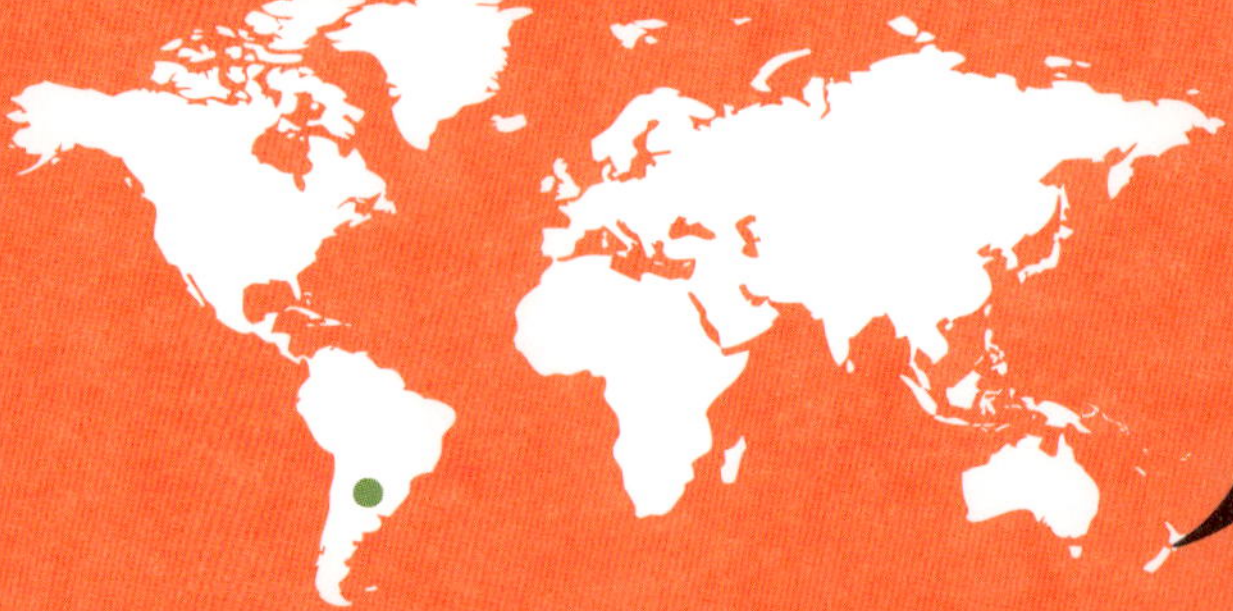

小さな浮島家族——パラグアイ

7

パラグアイを流れるパラナ川は南米にたくさんある大河の一つ。植物相が豊富で支流が入り組んでいる。ティグレという広大な浮島《うきしま》の密集するエリアがあって、そこに住む人々はヌートリアを主食にしていると聞いた。ヌートリアといったらカワウソではないか。この国ではどうなっているのか詳しくはわからなかったが、確かカワウソは国際的にもレッドデータブックに入るような保護種ではなかったか。

三日間の余裕をもってパラナ川河畔《かはん》を半日

ほど遡上《そじょう》し、途中から船に乗った。そのあたりを荷物運びで航行している船なので地理には詳しい。浮島に住む人々のところへ連れて行ってほしいと頼むと、すぐにわかったようであった。しかし車を降りたところからまだ三時間ほども川をさかのぼる。巨大な川のいたるところにこんもりした小山のある島々が見えてきた。案内人に聞くと、島と思ったそれらも実は浮島なのだというので驚いた。浮島というとチチカカ湖あたりにあるパピルスのようなものが集まってできている頼りのないものではないかと勝手に思い込んでいたのだ。そこらの浮島は島と区別がつかない巨大なものから、フットボール場ぐらいの平面の規模のものまで多種多様だった。どれもじっと止まったままなので、そこから見えるすべての島のようなものが全部浮いているとは、一瞬言われただけでは到底信じられない。まったく世界にはいろんな風景があるのだなあと感心していると、目的の浮島の上に暮らす家族の家に着いた。

小さな桟橋《さんばし》が作られていて、われわれの乗ってきたような小舟《こぶね》から楽に乗り降りできるようになっている。六十代くらいの老夫婦ともっと年配のおばあさん、それに青年兄弟が二人。犬が三匹《びき》、ニワトリが十数羽いた。どれも放し飼いだから犬やニワトリが警戒して大声で鳴き叫び、われわれ闖入者《ちんにゅうしゃ》を、まあつまりはにぎやかに歓待してくれた。

いろいろな説明を聞き、確かに彼らがヌートリアを捕獲してそれを主食にしているのだという話をじかに聞けた。宿泊する余裕はないので、さっそくその狩猟を見せてもらうことにした。

主人は鉄砲を持ち小舟に乗ると、二匹の犬もそれにとび乗った。エンジン付きのボートである。われわれも後を追った。ここへ来るまでよりももっと奥地の、もっとたくさんの浮島が次々と現れる方向に進む。一人でボートを走らせて来たら、もう戻る方向が分からないくらいだ。やがて主人が平らな島にボートの舳先《へさき》を乗り上げる。二匹の犬が待ちきれないといったように大きなジャンプをして、主人より先にどんどんその島の奥に入っていく。吠《ほ》え声はますますけたたましい。すぐ後をわれわれもついていったが、その島はかなり小さな浮島であり、足元に縦横にからみついた水草の根の間は足を突っ込むとその下はもう川だった。犬も主人もまったく足をもぐらせることなくずんずん進んでいくが、慣れないわれわれは十歩ごとに片足を足の付け根までもぐりこませてしまう始末だ。両足がそっくり落ちてしまったこともあったが、かろうじて縦横に張った水草の根で体が止まる。止まらないとそのまま下にもぐり落ちてしまうのだろう。

やがて犬の叫び声がすさまじいことになり、後を追うわれわれには見えないところで銃声が鳴った。一発で仕留めたらしい。引っぱり出してきたそれは、長いしっぽの巨大ネズミであった。後で調べてわかったが、ネズミのこともヌートリアというようだ。

その日の夜は、いつものようにそのネズミ料理だった。大きな猫、あるいは小さな犬ぐらいあるネズミだから、一匹で一家五人食べるのに十分らしい。ぼくにも一皿くれた。スパイスが強烈に利いていて肉の味を明確に噛《か》みしめ確かめることはできなかったが、浮草島の小さな家族というおとぎ話のような貴重な一日の体験だった。

狩猟民族のヨロコビの宴 8

北極圏の各国、カナダ、アラスカ、ロシアに集中して行った年のことだ。主に冬に行ったが、カナダだけ夏だった。バフィン島という世界でも有数の大きな島（日本の本州の二・二倍）の最北端にあるポンドインレットという村にしばらく滞在していた。

北極圏も夏になるとプラス三〜五度になるので、冬の間、マイナス四十度などという極寒の中で眠っていたツンドラが地表を表す。ツンドラの地下二、三メートルはもう永久凍土《えいきゅうとうど》なので、そのあたり樹木というものは一切な

い。木が根を張る地中のすき間がないからだ。そのかわり地表にはコケと数センチの小さな草が芽を出す。

暖かくなると、この北極圏のわずかな緑を求めて、北の草食動物が躍動し始める。その最大勢力はカリブーである。野生のトナカイのようなものだが、大きいのは体重百五十キロにもなり、たいてい群れで移動している。

イヌイットのある家族と共に、そのカリブー猟のキャンプにでかけたことがある。長老の下、その息子兄弟や孫子たち八人ほどで構成された男ばかりの北の狩人チームだ。

まずは北極海に流れ出ている小さな川を上流に向かってモーターボートで進んでいく。上流からは溶けた氷河の大きなかたまりがかなりの速さで流れてくる。重さ一、二トンはざらの氷塊《ひょうかい》だから、ぶつかったらひとたまりもない。狩人の人々はそういう危険な命がけで遡行《そこう》していくような川を、面白そうに右や左にたくみによけながらかなりのスピードを出していくので、そんな体験が初めてのぼくは最初のうちはいつ衝突し転覆《てんぷく》するのかどきどきものだった。

五時間ほどで、彼らがその季節、常に拠点にしているらしいキャンプ地に着いた。キャンプ地といったって別に何の施設があるわけではなく、小さな川が流れ込んでいて、ちょっとした三角《さんかく》州《す》をつくっているようなところだった。

着いてみて驚いたのだが、夏は快適と思われたツンドラの上はとてつもない蚊《か》だらけで、それも濃淡を持って人間に襲いかかってくる。濃いのは蚊が渦巻きをつくっているからだ。当初思った快適さとはまるで違う。むしろ蚊がいないぶん極寒の冬のほうがいいと思えるような過酷なキャンプが始まった。

早速目的のカリブー猟だ。長老が長年の勘でカリブーの群れがいる位置を、たぶん匂いでかぎ分けるのだろう、一族に指示を与える。風下からわれわれはできるだけ散開して接近していく。三十頭ほどの小さな群れが数百メートル先のツンドラの窪《くぼ》みで視認された。こんなに早くカリブーの群れに遭遇《そうぐう》するのはラッキーだと長老が喜んでいる。

大人たちがカリブー撃ちに行くのかと思ったらまったく違っていて、十四歳の少年が銃を持って単身群れに向かって走っていった。群れは敏感に危機を察知し逃げ始める。少年は銃を持ってそれを追いかけ、五分ほどで射程距離内に入ると、たった二発で八十キロほどのカリブーを射止めた。これはそれからのキャンプの重要な食料になるとともに、彼らの家族たちへの大きなおみやげになる。

五日間のキャンプが終わり、川を下っていくと、もうそろそろかと見当をつけていたのか、電話も無線もないのに家族たちが増水した川べりで待っていた。その一族の家でその夜はカリブーの宴《うたげ》になった。といっても居間に段ボールを数枚広げ、そこに解体したカリブーの肉を広げるだけだ。みんなそれぞれ目当ての肉を（もちろん生で）おいしそうに食べていく。狩猟民族の原点のような風景を見て、何か大きな得をした気分になった。

きびしいけれど幸せな国

9

行きたい国はいくつかあって、その中の一つに中央アジアのキルギスタンがある。ソ連邦時代はなかなか行きにくかったが、冷戦が明けて韓国側からわりあい素早く入国できるようになった。キルギスはユーラシア大陸でいちばん美しい風景だといわれている。草原があり森林があり美しい湖が広がっている。そこに住んでいる人々はモンゴルやブリアートと北からの中央アジア人が入り交ざったような顔をしており、写真を撮るのも大事な仕事にしているぼくはそこでポートレイトを撮るのが夢だった。ところが出発しようか

という三カ月前にソ連軍がいきなり侵攻し、外国人はまたもや簡単には入れなくなってしまった。

次に目を付けたのはアイスランドだった。すぐ近くにあるグリーンランドも時間があれば行ってみたかった。というのもこれまでぼくはアメリカ、カナダ、ロシアの北緯六十六度以北＝北極圏に行っているので、ヨーロッパの北緯六十六度以北に足を入れないと気持ちが落ち着かない、というところがあった。

そのアイスランドはスカンジナビア半島とグリーンランドとイングランドのちょうど中間あたりに位置する北大西洋の孤島で、九州と四国を合わせた程度の国土に三十二万人が住んでいる。土地柄、千年あまり前のバイキングの遺伝子を受け継いでいると聞いた。火山がいたるところにあるので国土の七割強が溶岩台地で、国中いたるところに滝があり川が流れている。その滝も川も全部ミネラルウォーターそのもので、寝そべって口をつければ川の水をおいしく飲める。

首都レイキャビクまで、途中デンマークのコペンハーゲンのトランスファーの四時間を入れて、日本から十八時間かかる。ブラジル並みの遠さだ。五月だったが事前に聞いていたとおり一日の寒暖の差が激しく、Tシャツからフード付きのオーバーまで、一日の間にいろいろ服装の工夫がいる。

この国に興味を持ったのはヨーロッパ系の北方民族がどのような生活をしているかということと、数年前、この国が世界で一番幸せな国といわれていたからだ。途中、経済破綻《はたん》があって、今はブータンあたり（ここも幸福度ランキングは常に十位以内だ）に抜かれているかもしれないが、日々、いたるところで見るアイスランドの人々は都会から田舎の人までみんな柔和《にゅうわ》でいわゆるヨーロッパ的な機知に富んで、心地のいい気配に包まれていた。

案内人兼通訳兼運転手のアイスランド人とは長いドライブでその国のほぼ半分を回ったが、広い国土とわずかな人口そのまんま、すれ違う車も極端に少ない。産業は漁業が最大で、サケ、タラ、カニなどが絶品だった。逆にいうとそのくらいの北の魚しか獲れないということになるのだが、厳しい海は魚の味を良質に育て、野菜は全て輸入に頼っているとはいえどレストランなどで食べる料理はどれもおいしかった。

さて、その幸せ度だが、税金は高く消費税などは二十五パーセントである。経済は決して豊かではないのだ。けれど原発はなし。軍隊のないこの国はそういう予算を人間が当たり前に生きていく分野にそっくり回し、学校の教育費は幼稚園から大学まで一切無料。病院もいかなる重病であろうが無料である。驚いたのは海外で病気になり手術などしたとしても、その証明書を持って帰れば国がそっくり還元負担してくれるという制度だった。要するに高い税金でも、それが自分たちの生活にきちんと還元されているのだということが目に見えるのである。

ぼくは世界の国々を旅する時その国の自殺者がどのくらいか、ということを、まああまり大きな声では質問できないが、相手を選んで聞き、一種のシアワセ度の尺度にしている。北極圏は冬になると夜ばかりになるので、冬季鬱《うつ》による自殺者がいると聞いていたが、アイスランドは全部が北極圏ではないので黒夜はない。自殺者の数はあまりよくわからない、とガイド役の人が言っていた。「日本では年間三万人の人が自殺するんですよ。だからあなたの国にこの数字をあてはめると十年ちょっとでこの国には誰もいなくなってしまうということになりますね」

とぼくは言った。彼は両手を広げしばし考えていたようだが「ぼくにはよくわからない話です」と言った。

10 サメ狩りの島

パプアニューギニアから船で四、五時間北上するとトロブリアンド諸島がある。大小二十ほどの島々からなる群島で、大きな島には二百人から五百人ほどの人が住んでいる。パプアニューギニアはかなり文明化されてきているが、ここは大きな多階層の家もなく、木とニッパヤシをつるで縛《しば》って作ったような、家というよりも小屋に近いような貧しい環境下にある。村の中心地は広場で、それはそこでいろいろなまつりごとが行われる場所のようだった。

ぼくはおかしな東洋人としてここでは厚遇《こうぐう》された。たとえば滞在中に住むところも、雨が降ると屋内に吹き込んでくるようなニッパヤシの屋根ではなく、トタンの波板を張ってある、まあ簡単にいえばこの村の中では〝近代建築〟のような造りになっていた。しかし屋根だけでなく壁も床もトタン板なので、晴れた日中はつまりはカンカラの中にいるようなものだから、とてもその中にはいられない。トタン板の床は歩くとぺしぺし激しい音がして、誰か寝ていてもたちまち起こしてしまうし、逆の場合はこちらが起こされるのだった。

食べ物も島民が用意してくれた。といってもニューギニアからこのあたりまでの一帯は海からサメを獲り、島のわずかな農耕地ではタロイモやヤムイモが収穫できるだけなので、種類としては海のものも陸のものもそれぐらいしかない。あとは酒はないし、木陰で本を読んでいるようなゆとりもないので、ぼんやりと村中を徘徊《はいかい》しているような日々だった。

週に一、二度サメ狩りに行くときに彼らと一緒にサメを獲るのがなかなか得難《えがた》い体験で、それが唯一の娯楽のようなものだった。サメ狩りは二、三人乗りの甲板付きの小さなカヌーでちょっとした一群を作って出かける。ヤシの実の乾燥したものを紐《ひも》の先にいくつも取り付けた楽器ふうのものがサメ狩りのときのサメをおびき寄せる道具で、カヌーの軍団が輪を作ってそれぞれがそのサ

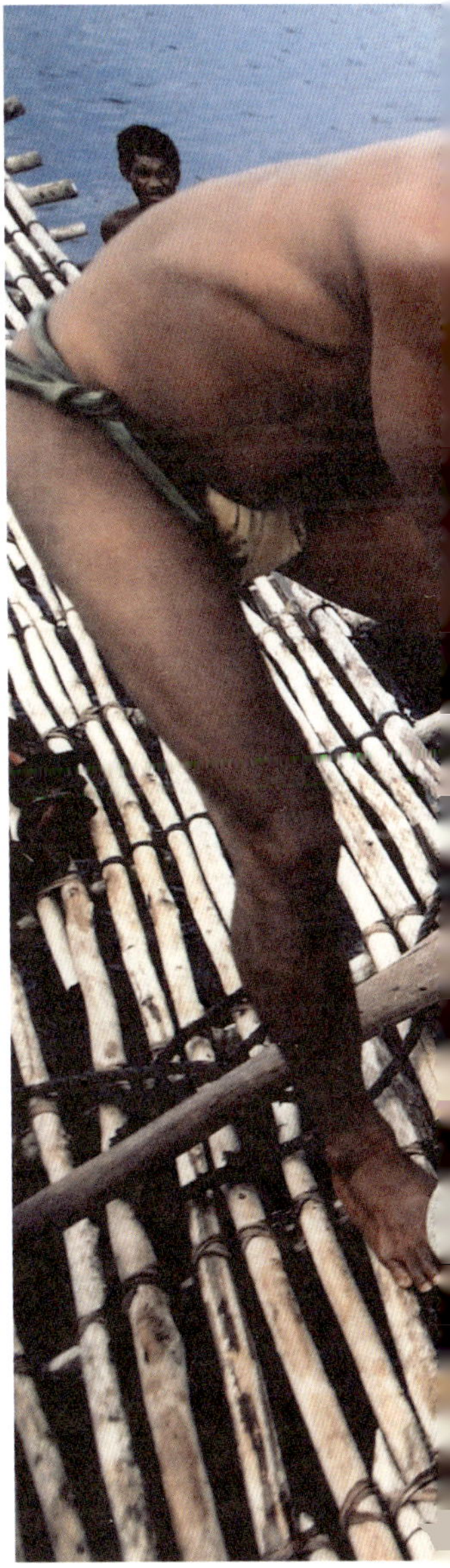

メ狩り用のヤシを海上でばたばた躍《おど》らせるようにする。エサはオスの年老いたニワトリをかなり大きなぶつ切りにして巨大な針にくくりつける。そいつを放り込むと、ほんの数分でもうサメがかかってくる。

サメ狩りの最初の一匹は一・五メートルぐらいだったが、ものすごい力で自分をひっかけたロープを水中に引き込もうとする。一人の力では無理なようで、たいてい二、三人が手をかし、サメと綱引きのようなあんばいになる。一番大きなもので二メートルというものだったが、十頭も揚げるともう大漁で、それをそまつなカヌーの甲板に縛りつけ、皆で何事か大声で歌を歌いながら帰っていく。南島の大漁節のようなものなんだな、とぼくはヨロコンで聞いていた。

これを海岸でまるごと焼いてしまう。まだ半殺し状態のサメもいるから火の上で暴れたりするが、みんなで周りから棒でさらに殴《なぐ》りつける。下から火で焼かれ、上から殴られるのだからサメもたまったものではない。ニューギニアでもサメ狩りを見たが、それがこのあたりのほとんど同じようなやり方だとわかった。

サメ狩りが終わった漁師は妻や子供らがサメをこんがり焼くのを待って体を休めている。南島でも夕刻近くなると海風をかなり冷たく感じるようなときがあり、海から上がった漁師が自分の子を抱いて大きな布で子供とともに体を包み、サメの焼けるのを待っている風景が印象的だった。

彼らの多くは生まれてから死ぬまでこうした島の中の単純な一日を過ごしていくのだろう。布を全身にまとって父親とサメの調理を見ている子供も、やがて十歳ぐらいから大人たちにならって海に出ていき、サメ狩りの勇者になっていくのだろう。イモの多い食事の中でこのサメの丸焼きは感動的にうまかった。

フライパン島漂着記 11

八《はち》丈島《じょうじま》に親しい漁師の友人が何人かいるので、ここには三十五年前からたびたび訪れている。伊豆七島《いずしちとう》の中でも八丈島は大島《おおしま》に次ぐ人口で、ぼくが最初に行った頃は一万人あまりが住んでいた。今は八千人ぐらいらしいが、大島よりも遠いということもあってか妙にけばけばしい観光地然としたところがほとんどなく、特徴のある浜辺の丸石で築いた昔ながらの玉石の石垣などもあちこちに残り、家そのものも旧来の伝統的な形式を残している。流人《るにん》の島としても有名で、ここは政治犯やイクサで敗れた武将などが流人となっていたので、話し言葉や伝承文化など

もどこか高貴なものが残っている。

この島に何度も通っているうちに、伊豆七島は東京都であるからこの七島全部に行ってみたいと思うようになった。羽田《はねだ》から飛行機で行ける島もけっこうあり、連絡船もそれぞれの島に一日一便は本土とつないでいる。これまで大島、新島《にいじま》、式根島《しきねじま》、三宅島《みやけじま》、新島《にいじま》と八丈小島と足を踏み入れてきたが、八丈島を拠点としているのになかなか行けないのが青ヶ島《あおがしま》だった。連絡船で八丈から二時間足らずで行ける距離だが、島の港の位置が南向きなので、低気圧や台風の荒波やうねりに弱く、船の就航率は年平均、月に六、七割だという。

二〇一五年、台風十一号が去ったあと、ぼくは八丈島に来ており、突然青ヶ島に行けるチャンスがやってきた。あおがしま丸というそこそこ大きな連絡船が一日一便就航しており、やれうれしや、とそれに乗り込んだ。八丈島を出て一時間ほどは凪《なぎ》に近いような静かな海だったのだが、その頃台風十二号がじわじわと北上しており、その前ぶれである大きなうねりがやってきていた。船は大きな波や風には案外強いが、うねりが強敵だ。太平洋の真ん中へんに発生した台風でも長い距離を伝わってくるうちにうねりの振幅《しんぷく》が強くなり、小船は揺さぶられる。その危険を真っ先

あおがしま丸
AOGASHIMA MARU

に察知するのは漁船の漁師たちだ。八丈島を出るときに友人の漁師が、向こうについたらできるだけ早く帰りの船が出ている間に帰ってきた方がいい、と念を押すように言った。

島に近づいて行くと、何もない太平洋から突然盛り上がってきたような断崖に囲まれ、人影が全く見えない剣呑《けんのん》な気配を持った島が現れた。目的の青ヶ島だが、その段階で早くも来るものを拒絶するような威容である。南向きに造られた桟橋《さんばし》はそのうねりに早くも洗われており、船も激しく左右に揺れ出した。うねりは桟橋や島などにぶつかるとその牙を剥《む》いてくる。揺れながらなんとか苦労して接岸したが、港側にいる係員の顔が緊迫している。緊張しながらこちらも降りたが、すぐに迎えの車で初めての青ヶ島内部に入った。

ここは二重カルデラ構造になった島で、高い絶壁をつくっていた外側は、実は丸い輪郭《りんかく》をした岩の要塞《ようさい》のようなもので、高さ二〇〇メートルから四〇〇メートルある。その内側にもうひとつちいさなカルデラがあって、全体が巨大なフライパン型をしている。中に入るとその丸い山の壁が安全な防壁になるけれど、海も見られなければ海風も入ってこない。おまけにまだマグマが地底の奥の方で活動しているらしく、あちこちで地熱による水蒸気の煙が見える。本当にフライパン島の構造になっているのだ。その地熱蒸気を利用して料理などできる。さらに風を防いで温度と湿気がたまるので内部に入れば入るほどものすごく蒸し暑くなり、海が全く見えないことも相まって、はるばる南海の秘島孤島にやって来たのに爽快感《そうかいかん》はまるでない。

漁船に乗って釣りに出ようと思ったが、港がないので漁船は陸の山側に置いてあり、クレーンでそれを海に降ろすようになっている。連絡船は翌日から来なくなり、結果的に五日間閉じ込められてしまった。

12

刺激に満ちたラオスの山岳民族

インドシナ半島の付け根のあたりにあるラオスは、よくそこを行く旅人（日本人が多い）の感想で「何もない国」と言われる。観光的な意味なのか、心象的な意味なのか人によっていろいろなのだろうが、この「何もない」ということに対してどちらにしても批判的な感覚を持つ。確かに小さな国だし、万人をひきつけるようなこれといったスケールや深みのある名所だの遺跡だのはあまりない。

アマノジャクではないけれど、ぼくはこのラオスの何もないところに感動し、いたるところで心を躍らせた。

ぼくが行った時はとりわけ暑い季節だったから、舗装《ほそう》のされていないかなり幅広い道路が全面的に陽光に燃えて光っているように見えた。対称的に道の左右に広がる様々な樹齢の木々の緑が鮮やかで、その向こうに雲ひとつない巨大で攻撃的な青空。何もないどころか、日本のどこを探しても見つからないような素晴らしい黄金の原初的風景に満ちているのだった。

大した産業がないので人々の生活はおしなべて貧しく、服装にしても食べ物にしても庶民は質素でありシンプルだ。気温が急速に下がる日の暮れになると、町の中央にある広い道にはおびただしい数の露店が並ぶ。商品で特に目立つのは当然様々なくだものや野菜類で、どれもそれぞれの家庭で栽培され、収穫してきたものとわかる。名前も味も初めてのくだものなどが大量に並んでいるのを見ると、つい足を止め、少しかじってみたくなる。値段は一桁《けた》違うのではないかと思うくらい安く、それらの果実や野菜はたぶん農薬を中心とした成長促成剤など一切使われていないだろう。そういうものを使えば栽培に無用なお金がかかるからだ。逆に言えば見てくれはきれいだが、どんな薬品を塗布《とふ》されているかわからないような、国際基準で見てもやたら高い、きれいなだけの果物や野菜を食べさせられている日本の私たちの方が、いろいろな意味で貧しいことを知らされる。

町から少し外れると、濃密な原野が広がっている。未開拓なところが多いからやたらに入り込んでいくとどんな恐ろしい虫だの爬虫《はちゅう》類だのに遭遇《そうぐう》するかわからないから、旅人はごくごく普通の道を行くのが賢明だ。ここでも「何もないラオス」などという表現がとんでもなく的外れであ

ることに気付く。植物相が豊かであるということはさらにそこに小さな様々な生き物が沢山《たくさん》生息していることで、一般の観光客は気付かないけれど、植物学者、動物学者などにとってはこれほど興奮と感動に満ちた肥沃《ひよく》な（いろんなものがある）フィールドはないだろう。

メコン川に近づいていくと、当然ながら川から生活の糧《かて》を得るネイティブといろいろ出会うようになる。もっとも多いのがモン族で、これは両足に脚絆《きゃはん》をつけているから服装ですぐにわかる。それよりも限定されたエリアにいるアカ族は、お祭りの日に遭遇《そうぐう》したのかと思えるくらいきらびやかな民族衣装を身につけている。娘らは薄くのばしたアルミでできた、しかしなかなか意匠《いしょう》を凝《こ》らした冠《かんむり》を戴《いただ》き、熱帯にふさわしい色とりどりの美しい衣装で身を固めている。

そのアカ族の一軒にお邪魔した。高床式《たかゆかしき》のそこそこ頑丈《がんじょう》で立派な家々が集落を形作り、その周辺に二期作のライステラスが広がっている。ぼくが訪ねた家では赤いコメを栽培していた。ラオスの古典米だという。農作業には一家総出で出かけるが、たいてい水牛がそれに参加する。重い鋤《すき》を引くラオスの農民たちのトラクターがわりだ。自分の田に行くのに男のやんちゃ兄弟が水牛の背に二人乗りでまたがっているところなど、日本中探しても見ることはできない黄金の風景だろう。みじかい滞在だったが、収穫したコメを日本と同じように臼《うす》と杵《きね》でついて餅にしている風景に出会った。

もう一つ驚いたのは、彼らの朝食は、ほぼ全員その日山から切り取ってきた篠竹《しのだけ》を炭で焼いたものであることだ。岩塩を振りかけて食べる。それなりにおいしいが、軟弱な都会人であるぼくなどは、それが毎日、と聞くとややしりごみをするのだった。

過ぎし楽しきとき

13

今、ある雑誌に「家族がみんなで笑った日」という題名の連載小説を書いている。これはぼくが小学生の頃の思い出話で、わが人生の中で一番多くの家族と住んでいた頃のことだ。両親がいて、五人兄弟がいて、母親方の弟、つまりぼくにとっては叔父さんが居《い》候《そうろう》。お手伝いさんが一人いた。戦後数年の貧しい時期であり、母親はお手伝いさんと一緒にその大人数の夕食の支度に毎日追われていた。

父親は公認会計士という固い仕事をしてい

SHAW

Fifth Ave

たからなのか、けっこう厳格で、ぼくには怖いイメージがあった。家族全員が一斉に「いただきます」と言って箸をとり、最初の内はしばらく無言で食べていたが、やがて兄弟間で、笑い話のようなものも出て、それに母親や居候の叔父さんが加わってきた。ときどき全員で笑うこともあった。大家族が同時に食事をしながらみんなで笑った日というのはこの頃が頂点で、それからは兄、姉たちが別の土地にある学校に行くためとか、叔父さんが仕事を見つけて家を出ていったりし、顔ぶれは少しずつ減っていった。

やがて家族みんなが揃《そろ》って、一堂に会して食事をするということはなくなり、それぞれが小さな自分の家庭を作っていった。ぼくも東京の武蔵野《むさしの》でつつましく二人の子どもを育てながら、家族四人の生活をするようになった。子どもたちは地元の幼稚園や小学校に上がり、ぼくも妻も自分の仕事を持っていたので毎日通勤していた。

少人数ながらその頃が親子で一番いろんなことを話しては大笑いし、楽しく食事をしたぶんだけ後片付けが大変だったけれど、今思えばシアワセな時間だった。やがてあの時代の顔ぶれは二度と揃わないのだろうなということに気がついた。家族が揃うということは何でもないように思えても、いかに大切な時間の共有をしているのだということに今は気付かされている。

我々《われわれ》夫婦には二人の子どもがいて、姉と弟だ。二人は十代の終わり頃にそれぞれアメリカに留学し、卒業した後もそのまま住み続けた。娘はずっとニューヨークに、息子はサンフランシスコに東西にわかれていたが、気がつくと十年も経《た》ち、息子は地元で結婚し二人の子どもを得た。娘は独り身でマンハッタンに暮らしていたが、二人とも年に一度日本に帰るか帰らないかぐらいですっかりアメリカになじんでしまった。

我々夫婦はまだその頃はそれなりに気分は若く、仕事が好きだったので日米遠く離れてはいても、その分離した生活になんの苦言もなかった。娘がアメリカ国籍を取ったときは少し考えた。もうこれで成人した二人の子どもらと日本で一緒に食卓を囲む時間は我々の残りの人生の中ではかなり限られてきたのだろうと。

二〇一六年の夏に娘から思いがけない電話が入った。聞いてはいたが、彼女は法律事務所に勤めながらロースクールで学び、司法試験を目指していたのだ。アメリカは日本と違って州ごとの司法試験がありニューヨークは特に難関と聞いていたので、娘の夢は何年かかることやらなどと思っていたのだが、何らかの勝機をつかんだのだろう、思いがけず合格し、弁護士になることが決まった。

その宣誓式の招待状が届いた。そんなことがないかぎり夫婦揃って十四時間もかけてニューヨークまで行くこともあまりないだろうからと、つい先日、ニューヨーク州高位裁判所控訴部第一部という名称の大法廷で行われた宣誓式に参加した。百人ほどの新米弁護士が大法廷の中で神妙な顔をしていた。式そのものは短時間ですみ、その日の夜は娘が慎重に選んだ静かで気持ちよくおいしいものが食べられるレストランでお祝いの乾杯をした。当然だろうけれど、その日の乾杯のビールは父親としては格別な味だった。家族四人のつながりは変わらないが、いまは一堂に会するのは難しい状態になっている。

長野県のある限界集落

14

近頃日本全国の山間部や、主要交通網が廃止された地域などで限界集落がたくさん生まれており、問題になっている。

先日、その中でも典型的な限界集落であるだろう長野県の信級《のぶしな》というところに一泊二日で行ってきた。長野県の北西部に位置しているので、深い山々をぬっていく危なっかしい道をなんとか進んでいくという状況で、自分で車を運転して行かなければ、東京からの新幹線と二系統のバスを乗り継いで、やっとその集落のとば口にとりつくという、文字通りの過疎《かそ》ぶりだった。けれど周りを取り囲む千メートルほどの山々のずっと先には、もう四月だというのに真っ白に雪を輝かせる北アルプスを望むことができる。

小さな川のそばに主要な道路が走り、そこから周囲を見渡すとぽつんぽつんと家々が見える。遠くから見ただけでは住人がいるのか、もう空き家となっているのかの判断がつかない。

事前に調べていったデータでは、大正時代には千数百人の住人がいたというが、今は百二十人ほどになっているという。

主な産業は農業なので、老人ばかりが残っているのだろうと思ったら、ここ数年の間にいわゆるIターン現象がこの寒村にも起こり、全国各地から若い夫婦が戻ってきて、使われなくなった家を改築したり、新しい居住エリアを増築したりして住み、編集者とかデザイナーとか、何かのビジネスのプランナーなど、いかにも都会的な職業が営まれている。パソコンなどによって居住地や仕事場所を選ばなくても、若い人たちが住めるようになったのは、限界集落にとって明るい兆《きざ》しだ。

そういう外部からの若いIターン組を何軒か訪ねた。いちばんびっくりしたのはコンビニも自動販売機もないこの村に、土蔵を改造したブティックなるものが店開きしていたことだった。非常にセンスのある凝《こ》った店内インテリアと、都会的なデザインを施されたファッション商品が並んでいた。ここも、やはりインターネットを使って距離を越えた新しい形の通信販売をしているようだった。観光を兼ねてわざわざお店にまでやってくる客もいると聞いて驚いた。

昔ながらの炭焼きなども活気を持って行われており、そこで炭焼きを習うIターンファミリーのお父さんにも会った。バイオマス用に杉林が広範囲で伐採《ばっさい》されていたが、これも林業がすたれたといわれているけれど新しい形の巻き返しのようだった。

Iターン組の若い夫婦にはだいたい小さな子どもがいた。それぞれどこの都市からここに移住んできたのか、短時間では取材しきれなかったが、子どもたちにとってはまことにいい環境で、どの子ものびのびと育っているようだった。問題はそうした小さな子が保育園や幼稚園、あるいは小学校に行きだすようになったらどうするか、ということがいちばん大きいようだったが、まあ彼らの若きバイタリティーがなんとかこなしていくだろうという印象を受けた。

もうひとつ新しい発見は、何もしないと老齢化と人口減で消滅していくしかないこうした限界集落の活性化のために、民間の人が音頭取りになって、この周辺に住んでいる人たちと協力して、みんなで飲食やいわゆる夜語りなどをする施設ができていることだった。その「みんなの家」に一泊させてもらったが、薪《まき》ストーブの匂《にお》いが心地よく、快適だった。

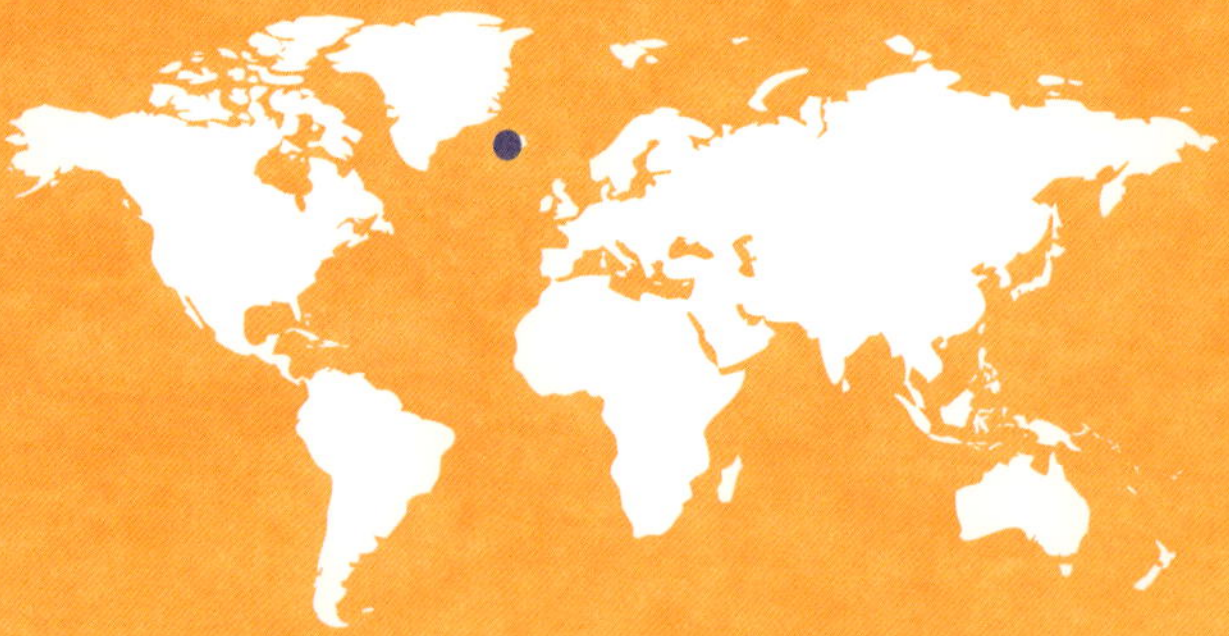

15

北欧の幸せな一家

アイスランドは、スコットランドとグリーンランド、イングランドの三カ所からほぼ同じぐらいの距離にある大西洋の中の孤島である。大きさは九州と四国を合わせたぐらいで、人口は三十二万人。島の北部のほうはほとんど火山地帯で、年間平均して五、六カ所の火山が噴火するというすさまじいところだ。北のほうにある小さな島はもう北緯六十六度以北。つまり北極圏である。

世界の幸福度ランキングというのがあって、OECDと国連がそれぞれ年に一度ずつそのランキングを発表している。スイス、デンマーク、ブータンなどに混じって、この凄絶な火山国アイスランドはいつもベストテンに顔を

出している。聞けば、溶岩台地のために農業などはほとんど成り立たず、漁業も北の海であるために魚の種類も限られている。土地が岩だらけだから林業も成り立たない。そうした厳しい国がなぜ幸福度ランキングの上位を占めているのかを探るのが、この国を旅したテーマだった。

いくつか要因があった。ランダムにあげていくと、まず原発がない。軍隊がない。警察はあっても警官たちは銃を携帯していない。そんな物が必要な事件などおきないというのだ。その一方で、消費税は二十五パーセントと高く、レストランなどの料金も日本から比較すると倍以上はする。どうしてそういう条件の国が幸福であるのか、そのカギは滞在しているうちにだんだんわかってきた。

まず学校の授業料や教材は国家が負担している。医療費も全て同じように国家負担だ。はなはだしいのはこの国の人がどこかよその国へ行って、病気になり入院なり手術などをした場合、そこでかかった費用の支払い明細を持って帰ると、国家が全額支払ってくれるという。国民が納めた税金の還元が日常生活に見えるしくみだ。

人口三十二万人のうちほとんどは南のほうの平野部に集まっているが、密集しているという印象はなく、個々の家がそれぞれ一体何階建てなのだろうかと首をかしげるくらい複雑に上下左右張り出していて、それはそれで住み心地がよさそうだった。集合住宅というのは少なく、そういう独創的でいかにも美しく楽しい一戸建ての家を見ているだけで、この国に住む人々の知恵とセンスというものを強く感じる。

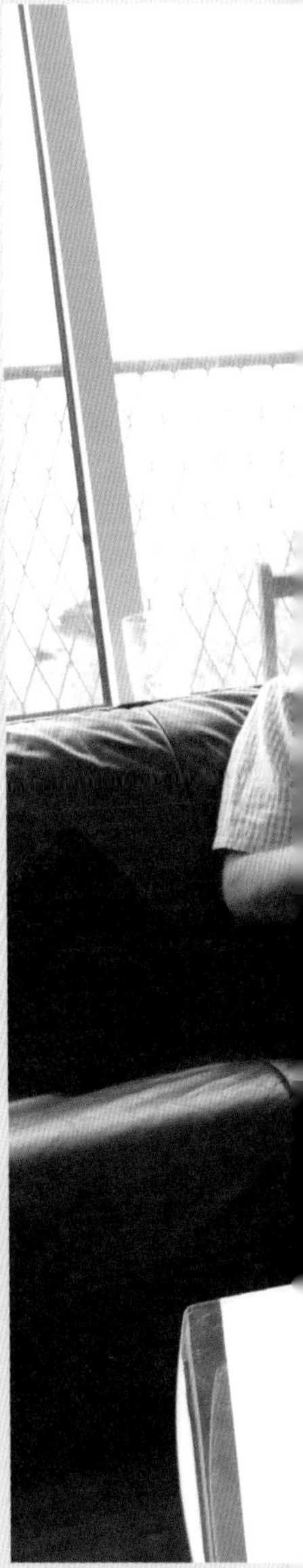

何軒かの家にお邪魔してその暮らしぶりについていろいろな話をした。最初に行ったのは漁師のベネディクトさんの家で、昼間、ぼくはその人の船に乗ってタラ漁を体験取材していた。タラは驚くほど簡単に大きなものが釣れる。その他にはオヒョウやオオカミウオ（食べられる。美味）など種類は限られているが、どれもおいしい。そのベネディクトさんの家の食事に招かれたのだが、食卓にあったのはきれいに飾り付けをされたタラ料理だった。この島では他に牧畜もやっているから羊肉なども食べるというが、漁師の家だから圧倒的に多いのは魚料理であり、つまりはやり方しだいで食材はほとんどがただということになる。

ベネディクトさんにあなたの国は世界的に見て幸福度が非常に高いと言われていますが、どんなところに幸福というものを感じますか、と質問した。

「それはこうして毎日家族と一緒に食事ができることですよ」

と笑いながら言った。ベネディクトさん夫妻の娘さん夫婦の間に三人の子供がいる。そのうちの年長の一人の女の子は、友達の家のバースデーパーティーに呼ばれて、今日はまだ帰ってこないのですよと教えてくれた。

二時間ほどもするとあたりは夕闇になってきた。ベネディクトさんの家は街並みからかなり離れた崖の上にあるので、お嬢さんの帰りのお迎えに行くのですか、と聞いたら、

「いやなに、近いところだから自分で帰ってきますよ」

とこともなげに言った。年齢を聞くと十二歳だという。人里離れたこのような土地で、十二歳の子供が一人で帰ってくるといえるだけこの国の治安は安定しているのだろうと感心した。外出した少女とは最後まで会えなかったが、家族の記念写真を撮って、心地よくこの家を後にした。

トンレサップ湖の小家族

16

インドシナ半島を縦断するように流れているメコン川は、この半島を構成するタイ、ラオス、カンボジア、ベトナムなどに住んでいる人々の命を支える母なる川だ。カンボジアにトンレサップというユーラシア大陸でも相当大きな湖がある。雨季と乾季で水量が全く違っており、琵琶湖換算ですると、雨季で水の多いときは、大体琵琶湖の十倍の大きさになる。ただし水深は平均六メートル程度であり、ここはメコン川の水量を調節する自然のダム湖のようになっている。湖と沼

との違いは、平均的な深さによるから、通常トンレサップ湖と呼んでいるが、むしろトンレサップ沼と呼んだほうが正確だ。

ここに二十五万〜三十万人の人々が住んでいる。場所によって、高い柱の上に家を建てる高床《たかゆか》式《しき》の家屋もあるが、多くは船やフロートの上に小屋を建てた浮遊する家の場合が多い。貧しいケースでは竹を何本も束ねた筏《いかだ》にして、その上に小屋を建てたりしている。淡水の赤茶色に濁った水の中にはライギョやナマズなどがたくさんいて、人々はそれをわなを仕掛けたり銛《もり》で突いたりして仕留め、自分たちの食料にしている。

水の上に浮かんでいる家だからどこへでも自由に動いていけるが、生活のためには自然と一定の場所に集まってくるケースが多いようだ。というのもそうした船の上の家の〝集落〟には、雑貨や食料などを売る店もあるし、病院や学校などもあり、やはりそうしたある程度安全な場所を選びたがっているようだ。

彼らを見ていると、この濁った水で体を洗い、そこに排泄《はいせつ》し、そしてまたその水を飲むという生活だから、決して健康的な水上生活とはいえない。ここで生活したことのない人がこの水を煮《しゃ》沸《ふつ》しないで飲むと、たちまちアメーバ赤痢《せきり》などになってしまうという。

この写真にある家族は、かなり早い夕食を食べているところだ。どの家もたいてい献立は決まっていて、ここらでは「洗面器ごはん」と言われている。洗面器によく似た器にごはんを入れ、そこにたいてい魚の煮汁をかけて、家族みんなでそれを食べるという、昔と変わらない風景だ。いかにも貧しく見えるが、彼らと親しくなると、この洗面器ごはんこそ家族が一丸となって食べる喜びを得る、楽しい風景に見えてくる。

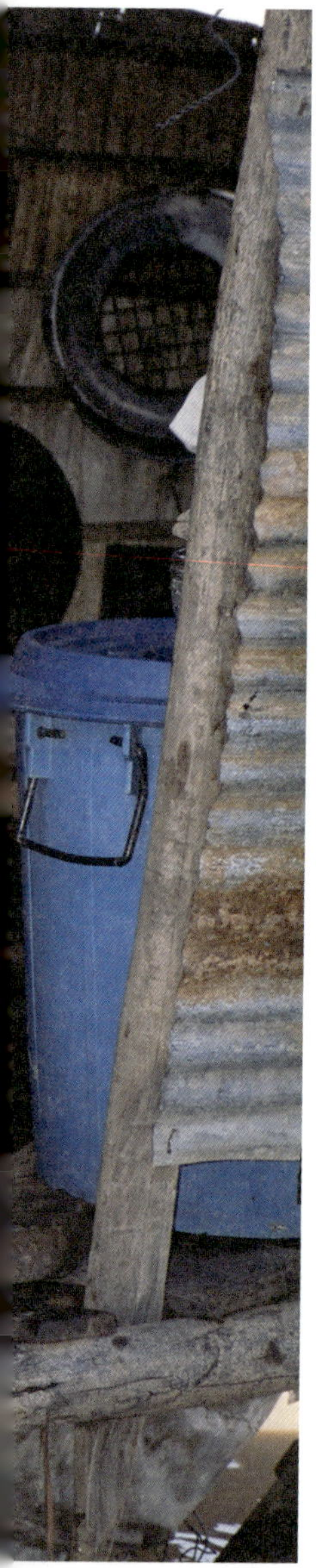

こうした船上家屋の食事風景をたくさん見てくると、我々《われわれ》のような先進国といわれる国の食事風景との素朴な対比が見えてくる。子どもたちがたくさんいる家庭などは、小さいうちから学習塾だとか習い事などで、家族の時間はそれぞれにばらばらとなり、みんなが顔をあわせて同じものを食べるなどということがどんどん少なくなっているようだ。大家族主義から核家族化への生活様式の変化が、それに輪をかけているわけだが、果たしてどっちが幸せなのだろうかという疑問が生まれてくる。

このトンレサップにいるあいだ、いくつかの集落を見てきたが、今は太陽光を利用したソーラーパネルでテレビなどを見ている裕福な家庭もあり、大きな生簀《いけす》を作ってそこでかなり金になる魚類などを飼育している網元みたいな家もある。

ある集落では交番があって、警官が二人ほどランニングシャツ姿でぼんやり暇そうにあたりを眺めていた。こういう場所ではどんな犯罪があるのですか、と聞いてみたが、特に自分らが介入していく犯罪めいたことはここ数年起きていない、という返事だった。かたわらに大きな鳥が二羽、足を縛られて転がされていたが、その鳥は希少生物である魚の幼魚をもっぱら餌《えさ》にしているので、お尋ね者の鳥なのだ、と笑って言った。

一見、貧しく殺伐《さつばつ》としたトンレサップだったが、よく見ていくと貧しいけれどきわめて平和な風景なのだということに気がついた。

17 ペンギン——よくわからない劇場

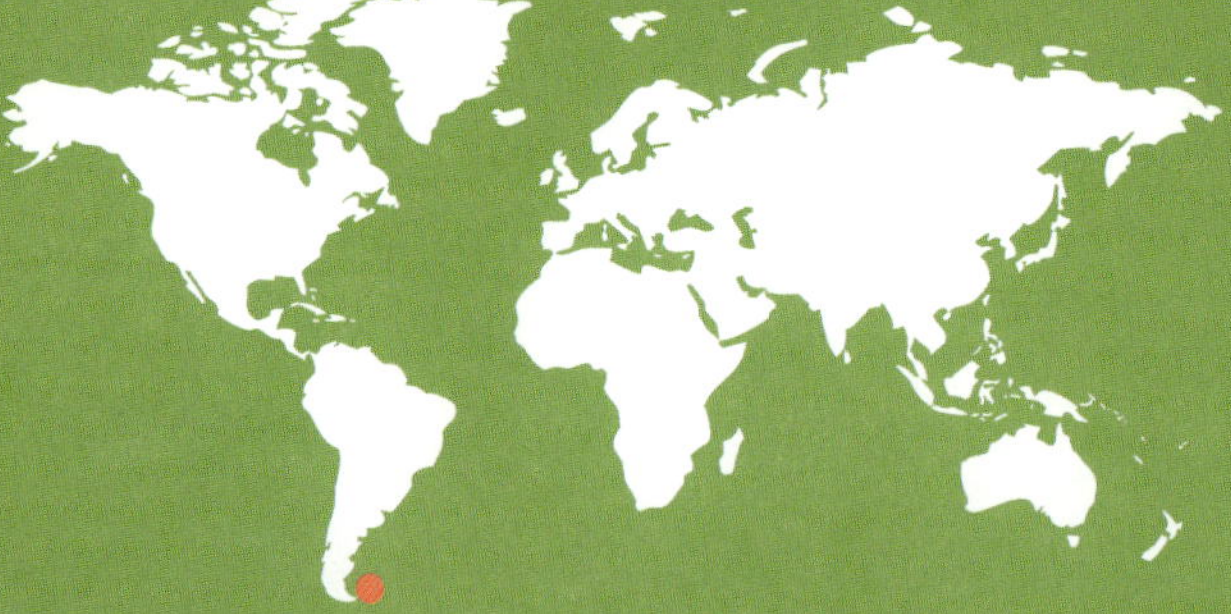

〝世界の家族〟というテーマでいろいろ書いているが、当然ながら動物の家族にもいろいろ出会った。

フォークランドは大小八百近い島々で構成された南半球のはしっこのほうにある群島だが、有人島よりも無人島の方が多い。そのひとつ、ウェッデル島は主なペンギンが群れを作っていて、鳥類の研究者などにとってはかけがえのない宝庫のようなところだ。ペンギンは全部で四種類いて、それぞれ居住場所が違っているから、人間のようなテリトリーを

めぐる争い事もなく、上手に住み分けている。

海岸べりの岩の崖にはロックホッパーという非常に目立つ派手な顔をした、その名の通りのイワトビペンギンがいて、六十度ぐらいの岩の傾斜をぴょんぴょん跳ねながら登り下りしている。ジェンツーペンギンは島の平坦な場所の砂地に穴を掘り、そこが営巣地だ。アデリーペンギンは主に海岸に近い岩場でコロニーを作り、場所によっては穴を掘り、そこを巣穴にしているケースもある。一番大きいキングペンギンは見晴らしのいい平地に集まって、ひっきりなしにみんなでガーガー騒いでいるので、居場所はすぐにわかる。

めったに人の来ない島だから、近づいて行っても全く一羽として逃げるそぶりは示さず、彼らは彼らの言葉でとにかくひっきりなしに鳴いている。ここから一キロほどのところに彼らが一番よく行く狩猟用の海岸があり、たいてい二羽から十羽ぐらいが連れ立って餌をとりに行く姿が面白く、しかもかわいい。

ここにもれっきとした家族があって、人間から見るとみんな同じように見えるので家族単位を探すのは最初は難しいが、この写真のようにたいがい親子が一緒にいて、子育てはヒナが一羽ということが多い。親子三羽を見つければそれが基本の一家族だ。

ぼくはここに三日ほど通って毎日観察していたけれど、海まで餌をとりに行くのは母親か父親のどちらかで、子供が一羽きりになることはない。海に出かけるときにどんなしぐさがあるのか、いろいろな家族を観察していたけれど、皆同じような鳴き方で、ペンギン語がわからない限りなんといって出かけるのか、なんといって送り出しているのかまるでわからない。海へは子供は連れて行かないので、父親が四、五羽ずつ並んで出かけるのは友人同士ということになる。それをずっと追って行ったことがあるが、たとえば五羽で並んで歩いて行くと、時々一羽か二羽が立ちどまってしまうことがある。すると先に行っていた数羽は遅れた一羽か二羽がやって来るのを待っているのだ。立ちどまったペンギンにはそれなりの理由があるのだろうが、それも人間にはわからない。

海に入るとペンギンはやはり海の中の生き物なのだと納得する。信じられないような猛スピードで弾丸のように海中を動き回り、餌を何匹か捕らえる。それらは喉のところにため込み、波に乗ってサーフィンのように陸に帰ってくるのだ。帰るときに上手にストンと立って止まるフィニッシュワークを見せるのが多く、拍手したいほど見事だ。

それからまた一キロ近くをえっちらおっちら仲間のコロニーまで戻っていく。人間から見るととにかくみんな同じように見えるので、その海へ餌をとりに行った父親がどの妻子のところに戻っていくのか、何を目印にちゃんと自分のところがわかるのか、人間にはやっぱりわからない。けれど、ここでもまた拍手を差し上げたいぐらい見事に自分の残してきた親子のところに帰り着くのだ。

ペンギンたちはときどきケンカのようなこともしている。その場合は向き合った両者がこの細い羽根で互いにピシャピシャ叩き合い、ときどき空を向いて、たぶん一種の威嚇なんだろう、まことにそれらしい声を上げるので、ペンギン劇場は三日続けて見ても飽きなかった。

あとがき

本書を書きはじめたとき、このような立派な本になるとはまったく想像もしていなかった。でも折角の機会だからできるだけこのテーマに沿って沢山の事例、体験、その感想などを書いておきたい、と思ったのだけれど一回ごとの原稿枚数も少ないことだし、短い挿話をいくらか書いておこう、と思った。

だから一回目などはふたつの話を強引に一篇に収めてしまった。

でも回を進めていくにつれてもっと詳しくその内容を書いておいたほうがいい、という思いになった。それらの旅の折々に撮った写真もいっぱいある。そんなことで軌道修正しながら書いていったという経緯がある。

そうして思いがけないことに新日本出版社から単行本にしましょう、という嬉しいお話があり、はえある一冊の本にまとめてもらったのだけれど、読み返してみると世界のいろんな国、民俗によって「家族」のありかた、というのはずいぶん奥が深く、生活様式の違いはもちろん「家族」の価値観、というのもずいぶん違う、ということを改めて感じた。

こういう一冊の本にまとめてみると、この本に収録でききながったけれど本当にもっとずいぶん沢山の話がある、ということに気がついた。そういうものも書いておけばよかった、あれも欠かせない風景と感動だった、ということがどんどん出てきて、いわゆる「積み残し」がいっぱいあることに気がついたのだった。

第一回の話でもふたつの国土も風習も違う国の家族の話を一緒にとりあげてしまったが、それぞれに忘れ得ない出来事、思い出がいっぱいあって切歯扼腕《せっしやくわん》の思いだった。

たとえば第一回に書けなかったものにアマゾンの小さな家族の家族愛の話がある。

毎年おとずれる半年間も続く洪水のなかでのネィティブの話だ。彼らは完全な自給自足を強いられていて、洪水の季節には魚や猿を食べている。ぼくがお世話になったところは筏の上に一家が暮らしていて、そういう食物は老齢の一家の長が小さなカノア（カヌー）で釣りにいく。狙う魚はいろいろだった。

餌は浸水されたジャングルの中に入っていって、木の上で暮らしている吠え猿などが落す木の実を使う。ナンテンの実のような餌で釣ってしまうのは、その時期、魚がそれを餌にしているからだった。

家族の夕食の獲物をとるために老人は洪水に覆われたジャングルの中に入っていく。あるときいつもよりだいぶ帰りが遅い日があった。長老は目が悪く、とくに夜になると視界が不自由になる。日本で俗にいう「とり目」というハンデがあった。

あたりがどんどん暗くなっていって、家族がだんだん真剣に心配していく。そのときのみんなの不安のふくらみがアマゾンのジャングルの中で、空気が次第に重くなっていく気配でぼくにもわかってきた。彼らは電池を使う懐中電灯などもっていない。

そこで家族のみんながウロになった木を太鼓のようにして叩き、炊事用に使っているアキカンで大きな火をつくり、大声で歌を歌って、長老の帰還する場所を教えはじめた。

「慣れているから大丈夫さ」

と、長女が言っていたがやはり不安の顔は隠せなかった。

やがて、闇の中から長老の嗄《しゃが》れた、しかし家族みんなで毎日聞かされている「狩りの歌」らしきものが聞こえてきた。そのときの一家の喜びようはなかった。長老はタンパキという大きな鯛のような魚をカノアの中から持ち上げて見せた。みんなの拍手とヨロコビの声がおきる。なかなか素晴らしい光景だった。

……そんな話ももっとくわしく書いておくのだ、という悔恨があるけれど、とりあえずそういう体験談のはじまり、と思っていただきたい。

椎名　誠

椎名　誠（しいな　まこと）
1944年東京都生まれ。作家。写真家、映画監督としても活躍。『さらば国分寺書店のオババ』でデビュー。『おなかがすいたハラペコだ。』（2015年）『おなかがすいたハラペコだ。②』『本の夢　本のちから』（ともに18年）『おっちゃん山』（絵本、18年、以上新日本出版社）。私小説、SF小説、随筆、紀行文、写真集など、著書多数。
「椎名誠 旅する文学館」
（http://www.shiina-tabi-bungakukan.com/bungakukan/）も好評更新中。

※本書は、天理教道友社発行『すきっと』第16号（2010年12月）から第32号（18年12月）に連載された「世界の家族 家族の世界」をまとめたものです。

世界《せかい》の家族《かぞく》　家族《かぞく》の世界《せかい》

2019年1月20日　初　版

著　　者　椎名　誠
発 行 者　田所　稔
発 行 所　株式会社　新日本出版社
〒151-0051　東京都渋谷区千駄ヶ谷4-25-6
電話　03（3423）8402（営業）
　　　03（3423）9323（編集）
info@shinnihon-net.co.jp
www.shinnihon-net.ne.jp
振替番号　00130-0-13681
印刷・製本　光陽メディア

落丁・乱丁がありましたらおとりかえいたします。

ISBN978-4-406-06332-6　C0095　Prited in Japan